현대시세계 시인선 138

문득 세상 전부가 되는 누군가처럼

박완호 시집

문득 세상 선부가 되는 누군가처럼

박완호
시집

도서출판 북인

시인의 말

지나온 길들이 기억나지 않는다.

어둠 속을 서성이는 까닭을, 한낮의
세상은 왜 그리 어두워야만 했는지, 슬픔은
왜 그렇게 필사적으로 반짝거렸는지를

묻지 않기로 한다.
나의 길을 찾아갈 뿐

더는 아무것도 궁금해하지 않으려 한다.

2022년 1월
박완호

차례

2부

3부

1부

간절기

환절기를 보내고 나면 또 다른 환절기가 찾아왔다. 사랑 뒤에 사랑이, 이별 뒤에 이별이. 환절기에서 환절기로 가는 어디쯤에서 삶은 마지막 꽃잎을 떨구려는 건지. 죽음 너머 또 다른 죽음이 기다린다는 말을 들어본 적 없다. 죽음은 늘 다른 누군가의 것이어서, 나는 내내 아파하기만 했을 뿐. 환절기와 환절기 사이, 좁고 어두운 바닥에 뿌리를 감추고 찰나에 지나지 않을 한번뿐인 생을 영원처럼 누리려는 참이었다. 또 하나의 환절기가 지척에 다다르고 있었다.

시는, 시를 견디라며

시는, 시를 견디라고 내게 온다.
어제의 나를 견디고
여태 짊어지고 있던 불행을 더 끌어안으라고.
이런 개새끼, 귀가 다 헐도록 들어온
수모와 욕설까지 한꺼번에
나를 찾는다. 그날,
비 내리는 무심천 울먹이는 물그림자
툭하면 꺼지려 들던 불꽃의 어린 심지
앙다문 입술 사이 실금처럼
일그러지던 글자들. 시는
어떻게든 오늘을 버텨내라며
어제처럼 나를 일으켜 세운다. 온 힘을 다해
지평선을 밀어버리려는 사내*를 보라며
경계에 설 때마다 머뭇거리는
나를 싸움판으로 떠밀어댄다.

*유홍준 詩, 「지평선」

우는 돌들

뾰족한 돌 하나를 떨어뜨리자 마음속
돌무더기가 또 꿈틀거린다. 손 닿으면
상처난 마디마다 시뻘건 핏방울 맺혀
어디가 아픈 건지 어디에서 오는 건지
모르는 아픔. 송곳 박힌 가슴팍에서 솟구치는
맥락 없는 글자들 문장으로 꽃 피기도 전
돌무더기에 흩어져 내린다. 불발탄 같은
절망의, 날카로워진 돌조각들을 끌어안고
맨몸으로 어둠 속을 헤치며 가는 사람의
흐릿한 그림자. 날이 갈수록 뾰족해지는
마음의 돌기들. 가시 돋친 혀끼리 주고받는
키스 같은, 독기 서린 날을 숨긴 채 다가서는
자객의 발소리처럼 은밀해지는 어둠 속
나는 어디선가 주저앉고 있을 한 사람을 위해
또 길을 나선다. 모난 몸을 서로 비벼가며
울어대는 돌멩이들처럼 나도
상처투성이인 나를 더 세게 끌어안으며
아플수록 찬란해지는
고통의 노래를 부르려는 것이다.

엇박자

하필 시험 날만 되면 학교 옆 골목을 흔들어대는 장사 트럭의
소금 팔아요 소금, 하는 소리나
동태나 오징어 마른 뭐라고 하는
카스테레오를 통해 쩌렁쩌렁 울려 퍼지는
높낮이 없는 아저씨 목소리는
참 기막히기도 하지, 딴 날엔 기척도 없더니
중간 기말 모의고사 시험 때만 되면 어떻게 알고
학교 옆 골목을 멈춰선 것처럼 천천히
안 나가려는 듯 빙글빙글 돌아가는지
그럴 때마다 꼭 한마디 하는
옆자리 선생의 추임새는 또 어떤지
한쪽이 얼쑤 하면 다른 한쪽이 지화자 하는
짝꿍끼리 환장하게 놀아나듯 죽여주는
이 소리 저 소리 틈에 엉거주춤 낀
나는 또 어떻고, 시험 때건 아니건 간에
선거철마다 교실 창문을 들썩이게 만드는
이놈들 저놈들 목소리처럼
소금이 왔어요, 소금이 왔어요, 하는
장사꾼 아저씨의 반 박자씩 늘어지는
카세트테이프 음도 어쩌면 깜빡 죽이는

박자를 타고났지, 오늘도 어김없이
수험생들의 귓가를 어지럽히는
소금 팔아요, 소금
소금 팔아요, 소금
느릿느릿 학교 옆 골목을 지나가는
장사 트럭의 저 아저씨, 저 목소리

숫자 바퀴

마을버스가 집시처럼 길가에 표류해 있다.

차도와 인도에 반쯤 걸친 바퀴들,
이쪽이든 저쪽이든 갈 테면 가보라지

길가에 서서 담배 한숨 내뿜는
사내 뒤통수에 걸린 초저녁 햇살이
반백의 머리만큼 성가시게 반짝인다.

번호로만 불리는 마을버스처럼
사내의 삶도 여태 숫자들로 흘러왔다.

열세 자리 숫자로 된
그의 별자리는
자전도 공전도 없이
늘 어딘가를 떠돌았다.

날마다 그를 깨우고 잠들게 하고 똑같은 하루하루를 끼니처럼 잇게 만드는 숫자 바퀴들,

언젠가 세상을 떠나더라도
또 다른 숫자들로 남게 될

그와 내가 서로 엉성하게 비껴가는 길, 도로표지판과 아파트 벽면의 숫자들 사이에 끼어 갈피를 못 잡는 엔진소리가

치매 앓는 노인처럼
숫자를 놓친 채
그만 길바닥에 주저앉는다.

어둠의 맛

아직은 먹먹한
부러진 과도 같은 새벽이다.

깜깜하게 베어문 입술
씨방에 깃든 벌레 같은

환멸, 이래도
역겹지는 않은

검은 맛.

부러진 칼자루를 움켜쥐고
밤을 달려온 그림자는
거기서 그만 소리를 놓치고 만다.

토막난 칼이 내는 소리에
놀라 혀를 깨물고 만 어둠이
진저리를 치며 고개를 꺾는다.

꾸역꾸역

아무것도 하지 않았는데 또 저녁이 온다. 아무도 부르지 않았는데 사람들이 또 떼거리로 몰려온다. 지하도에서 횡단보도에서, 막힌 유리병 속에서 들끓어오르는 날 선 감정의 거품들. 불감증 앓는 사람끼리의 연애처럼 비릿해지는 초저녁 햇살이 나뭇잎들을 애꿎게 건드릴 때마다 문득문득 소멸의 감각이 꿈틀거린다. 찬란한 단말마를 토하며 아스팔트 바닥에 고꾸라지는 그림자들. 휘황찬란한 불빛에 가려진 무표정한 얼굴들. 아무도 없는데 사방이 갑자기 소란스러워진다. 어디서 누가 날 부르기라도 하는 걸까? 앞서 가는 이의 어깨를 건드리는 흰 손가락처럼, 떠나보낼수록 자꾸 가까워지려는 연애처럼, 아무것도 아닌 나를 일으켜 세우며 어떻게든 지금을 견디라고 부추긴다. 꾸역꾸역, 또 그렇게 아무도 없이, 아무것도 아닌 채로 나는 이곳에서의 나날을 살아내야만 한다.

11월

11월이면 나무도 속앓이를 겪는다

몸 안의 붉은피톨을 내비치면
누군가에게 죽음은
화려한 수사로 읽히지만, 나무는

다만 티 내며 저물어가는
저 자신이 부끄러울 따름,

낯 붉어진 나무로부터
누구는 빛나는 주검을 보고
누구는 은밀한 속내를 읽는

11월 초저녁, 나무의 고된 속앓이를 고스란히 물려받은 시인이

갈팡질팡하면서도 주저앉지 않는 햇살들 쪽으로 고개를 돌린다

아무도 없는

아무도 없는 시간 아무도 없는 곳을 찾아가요. 녹슬지 않는 칼을 꿈꾸며 숫돌에 제 몸을 갈아대는 쇳덩이처럼. 담금질하는 칼 속으로 스며든 대장장이의 넋처럼. 제 안의 소리가 다 지워질 때까지 노래를 멈추지 않는 소리꾼처럼. 아무것도 아니다가 문득 세상 전부가 되는 누군가처럼. 당신은 지금 사랑인가요? 순간순간 저를 다그쳐가며 그 속사정을 궁금해해요. 아무도 없는 나라엔 누가 살고 있지요? 아무도 없는 시간은 어디로 흘러가지요? 어디서나 마주치면서도 세상 어디에도 없는 이는 누구인가요? 빈 칼집에서 나는 시퍼런 쇳소리. 무너진 담장 너머 들리는 핏줄 댕기는 음악 같은.

우체국에 안 가려면 어디로 가야지요

우체국 앞을 날마다 지나가도 편지를 부치진 않아요
손가락에 우편엽서 끼고 기웃대던 아이도
우체통의 뱃속 안부를 더는 궁금해하지 않아요

자판 몇 번 두들기고 마우스 한두 번 클릭하면
딩동, 아무리 먼 데라도 순식간에 당도하는
이메일 같은, 몇 걸음 더 빠를 문자나 카톡 같은

배달부의 벨 소리도 짤막한 인사도 없는
우편함에 툭, 던지고 가는 소리도 안 들리는
신세계에서의 오후는 얼마나 낯설고 지루한가요

우체국 앞을 아침저녁 오가면서도
우표 붙이려고 침 바르는 사람은 못 봤어요
허기진 배를 가리고 서 있는
우체통의 먹먹한 속내도 관심 밖이고요

시인의 창에 꽂아둔 색종이 쪽지도 안 보이고
골목을 서성이는 휘파람 소리도 들리지 않아요

오늘은 엽서 한 장 달랑 든 큼직한 택배상자나 부치러 갈까요

글씨 하나 없이 나한테 보내는 건 아무한테도 말하지 않을래요

알아요? 우체국 문 앞에 서 있기만 해도
이상한 나라로 가는 문이 열린다는 걸

우체국 안에 들어가도 편지를 부치지는 않아요
그리운 애인의 주소는 더더욱 기억나지 않고요

우체국에 안 가려면 어떻게 해야 하는지
나한테만 살짝 일러줄 수 있나요? 거기 그쪽 말이에요

가파른 서쪽

겨울 초입, 국기 게양대 옆 목련 가지가 음악도 없이 흔들린다. 누군가의 때 이른 부음이 날아든 날, 머릿속을 시도 때도 없이 들락거리던 우울 따라 모든 죽음이 내 것이 된다. 잔뿌리에 서린 눈물의 유전자를 간신히 퍼올리며 다시 오지 않을 것 같은 계절을 기다리는 나무의 깡마른 마음을 만진 손바닥이 얼얼하다. 시린 어깨를 스치는 바람, 느닷없는 전갈에 물린 서쪽이 가파르게 붉어진다.

저수지

저수지는 커다란 구멍으로 구름을 삼켜댔다. 저수지가 입을 벌렸다 다물 때마다 수면에 맺힌 그림자들이 한꺼번에 지워졌다. 구름에 가려 있던 새들까지 삼켜버린 걸까? 허공을 흔들어대던 새 울음소리가 갑자기 들리지 않을 때도 있었다. 날개 없는 것들은 잔물결을 타고 물가를 끊임없이 떠돌았다. 모로 드러누운 산 그림자를 삼키다 말고 게워내는 물빛이 역류성식도염처럼 검푸르게 반짝였다. 저녁이면 고무 탄내를 풍기며 비포장길을 돌아가는 바퀴 소리가 산 그림자 속을 파고들었다. 젊은 부부가 나란히 누운 산등성이 쪽으로 부는 바람은 자주 노을빛을 띠었지만 깊은 밤 저수지를 서성이는 사람의 속내까지는 물들이지 못했다. 물 위에 뜬 그림자들을 삼켜댈수록 저수지 가를 떠도는 그림자들은 점점 늘어만 갔다. 저수지의 큰 구멍이 입이 아닌 자궁일지도 모른다는 말이 들려온 것은 그것 때문이었는지도 모른다.

당신을 부르면

당신을 부르면 왜,

서녘 하늘이 불그레 달아오르지요 노래지다 붉어지는 꽃잎처럼, 팝콘 터지듯 어금니 내비치며 웃는 얼굴이 곳곳에 피어나지요 당신의

글자를 혀끝으로 동글게 말아보면

침방울 구르는 소리인 양 나지막한 울림으로 살랑대는 잎사귀들, 저마다 나뭇가지를 꽉 움켜잡고는

미루나무 꼭대기에 조각구름이 앉아 있네,* 바람은

조각구름을 물고 어디로 달아나는지, 당신은 어떤 조각을 물고 있는지, 어느 조각이 당신의 남은 글자인지 궁금해져서

당신을 당신이라고, 입술 움직이지 않고 속으로만 슬며시 불러보면

당신은 또 무언가가 되어 내 안 깊숙이 스며들기 시작하는데요

*동요「흰 구름」가사.

굽이돌다

굽이를 돌아갈 때마다 바닥의 모래를 한쪽으로 쓸어가며 스스로 깊어가는 강을 본다.

나도 저 강물처럼 깊어갔으면 하는 생각으로,

서 있거나 누워 있거나 두 눈 깊이 새겨진 나무의 잔뿌리에서 우듬지까지 어떻게든 다다르고야 마는 물길처럼

마르지 않는 생의 감각을, 첫울음 끝에 찰거머리처럼 달라붙은 죽음의 끈적이는 체위를

물살의 발성법이나 수면을 두들겨대는 햇빛의 반짝임으로 쓰라지만, 나는

순간순간 뒤바뀌는 강물의 수신호를 제대로 읽어내지 못한다. 어제의 바닥에 발을 붙이고 오늘 없는 내일을 꿈꾸는 허망을 못 버리고

굽이를 돌 때마다 변하는 강물의 속내를 짚어내지도 못하면서 우두커니

저 강물처럼 나도 스스로 깊어가고 있으리란 허튼 꿈을 꾸고 있을 뿐 삶의, 끊임없이 굽이치는 고비들을 마주하고

2부

가인歌人

이 순간 나는 휑해진 넋까지 죄다 게워낸
허무의 맨바닥이어야 하리. 이럴 때
죽음을 떠올리는 건 사치. 나는 또
어떻게든 오늘을 버텨낸 후에
내일 또 하나의 절망을 낳으리.
아버지의 아버지, 아버지의 아들과 그 아들의 아들이 마주치고 갈라서는
그물망 같은 나날 속 제자리를 맴도는 나는
허무가 낳은, 허무를 낳는, 허무의
투명한 그림자. 더는 아무것도 아닐
세상의 길들을 떠돌며 어딘가에 새겨져 있을 노래의 지문을 찾아다니는 나는
허무의 맨바닥을 딛고 서서
기꺼이 새로운 허무를 맞이하려는
날개 없이도
만 리 밖을 꿈꾸는
한 마리 새.

새의 눈에 마지막으로 어린 황홀 같은

다친 새 한 마리 바닥에 누워 바라보는 하늘이 핑그르르,

가슴팍에 묻은 구름을 하나씩 떼어내고 있어 새의 날갯죽지가 식어가는 사이

단단한 꿈의 뼈대가 빼곡하게 늘어선 침엽수림으로 따건 햇살들 쏟아져 내리고

나뭇가지 사이로 쏜살같이 비껴가는 그림자들이 숲을 빠져나가려다 말고 멈칫거릴 때

한번만 더 날고 싶다, 는 글귀가 적힌 종이비행기를 접어 날리며 눈꺼풀 닫히는 새의 날갯죽지를 가만가만 쓰다듬는 사람은

어제처럼 즐거운 비극을 꿈꾸는 중이지 언 땅바닥에 등을 대고 허공을 쳐다보는 새의 눈에 어린 황홀 같은

사모

한 아홉 번쯤 더 태어나면 어디쯤에서
당신과 나 또 엄마 아들 되어
오래 아프면 더 좋을 당신을 업고
산이든 바다든 맘껏 돌아다니게 될까?

그게 아니라면 딸과 아비 되어
아가, 이것도 저것도 한번 먹어보렴
안고 업고 쓰다듬어가며
한세상 끝까지 가볼 수 있을까?

아내 잃고 꺼이꺼이 우는 사내의
등 접힌 그림자 어루만지며 가는 길
잎 반쯤 떨군 벚나무 가지 사이
옹이 진 채 고꾸라지는 달빛

먹먹했을 그 맘 되짚어보다
마음 살 베이는 쉰 살배기의
물컹해진 속내를 누가 알까?

어디서 우리 잠깐 스치기라도 하면
모르고도 눈시울 금세 붉어질 텐데

클레멘타인
— 별이 된 시인 K*

남쪽 바닷가 내 어린 벗이 빗줄기를 헤치고
세상 밖으로 달려가고 있을 때였는지도
몰라, 세상이 들려주는 것들
고스란히 옮겨 적겠다는 말, 비는
너의 발꿈치를 적시고
무릎을 삼키려한 거지
빗속에도 별이 뜬다는 말을 들었어
언젠가처럼 한쪽에 바다를 끼고 있었을까
멀리서 들려오는 해조음은 무슨 말을 하려던 걸까
엄마, 난 별이 되고 싶어요
얘야, 넌 이미 이렇게 반짝이잖니
지상의 가장 빛나는 별이
너란 걸 모르니, 그래도
난 영원히 반짝이고 싶어요
엄마 맘에서나 하늘에서나
절대 시들지 않을 꽃을 피울래요
그렇게도 넌 별이 되고 싶었구나
어디선가 너는
빗속에서도 젖지 않는 꽃으로
언제나 빛나는 별로 태어나겠지

아름다운 정신은 죽어서도
찬란한 별의 이름을 가지리
시인이라는,
영원의 이름을 지닌
누구나의
클레멘타인

*故 김희준 시인(1994~2020).

꿈길

아버지를 업고 꿈속을 걸었다.
마음은 천근만근 무거운데
그이 몸은 깃털만큼 가벼웠다.
꿈길은 어제처럼 짧고 서러워
이불 뒤척이는 소리에도 휑해지는
등짝이 겨울 골짜기처럼 시려왔다.
처음 업어보는 아버지 웃음소리는
오래된 형광등처럼 자꾸 깜빡거렸다.
무슨 노래를 불러드리지,
맘속 구겨진 갈피를 뒤적이는 사이
그이는 또 어디로 떠나가고
소주잔에 비치는
젖은 그림자만
가만히 떨고 있었다.

느티나무는 나를

느티나무는 나를 기억하지 못한다.
안개 글썽한 새벽길을 나서는
내 한쪽 어깨에 비스듬히 걸친 가방은
아마 국방색이었을 거야. 그건
지금은 없는 빛깔, 키 작은 그림자 들락거리던
느티나무 구멍을 슬며시 떠올린다.
허공의 기억을 가둬버린 시멘트 혀,
딱딱해지는 발음을 삼킨 채 지워지는
어제의 길들. 느티나무에 나 있던
구멍의 시간을 돌고 돌아 예까지 온
나를, 제 앞의 어쩔 줄 모르고 선
늙은 아이를 느티나무는 알아채지 못한다.
그날의 나는 전생의 나처럼 아득하고
느티나무는 훗날의 나처럼 가까워서
기억 속 휘청이는 가지마저 곧 시들어가리.
초승달 휘청거리는 어느 가을날
늙어버린 소년을 떠올리고 있을
느티나무 앞을 지나더라도 더는
그 시절의 나를 돌이키지 않으리.

룰루

랄라, 나와 함께 가요 어딘지 모르는 그곳 햇빛과 바람과 물소리 나무와 꽃들이 새 날갯짓 따라 넘실대는 나라로 가요 선거철마다 잠깐 피었다지는 헛꽃 아닌 아침저녁으로 지고 피는 들꽃들, 우리 서로 화음을 맞춰가며 천천히 저물어요 누가 조금 앞서가도 서러워 말고 빠르든 늦든 어디로든 같이 가요 탬버린 소리나 요령 소리나 똑같은 생의 음악들, 요람이든 무덤이든 소멸의 즐거움은 한순간일 테니까요 그렇게 우리 꽃들이 한꺼번에 시들고 피어나는 시간으로 가요 밤이 첫발을 내딛는 자리, 아침의 기척이 느껴지기 전 그 먹먹하고 환한 슬픔으로 가요 노을 번지는 창가 별빛 박힌 유리의 파란 어디서나 휑하니 비어가는 십자가 불빛들, 안 보여도 어딘가에 있을 그곳으로 당신과 나, 언제라도 그렇게 룰루랄라

그림자 붉은,

요양병원에서 몇 달 지내시더니
장모의 가뜩이나 가벼운 몸이
회초리만큼 가늘어 보인다.

몸은 줄고,
말은 늘고,

아까 한 말이 뭐였는지도 모르면서
반세기도 더 지난 일들은 왜 그리
촘촘하게 꿰고 있는 건지, 아직

갈 날이 멀어서인지,
얼마 안 남아서인지,

요양병원 유리창 너머 바싹 마른 삭정이 하나 덩그러니
올려놓은 바퀴들이 한쪽으로 기우는 걸 쳐다보는

아내의 그림자가 오늘 따라 더 붉어진다.

슬픈 간증

믿음 없는 가운데 아침이 왔다. 밤과 아침 사이 새벽이 있었는데, 모르는 사이 또 몇 번인가 닭이 울었으리. 누군가는 닭 우는 소리를 세고 있거나 보고도 못 믿는 사람과 안 보고도 믿는 사람 틈바구니에서 제 마음의 두께를 재고 있었으리. 다음 새벽까지는 얼마를 더 기다려야 하나. 손에 다 쥐었던 문장들을 놓치고 빈 칸으로 되돌아가듯 세상에 없을 누군가를 꿈꾸는 시간. 기다리는 것만으로도 행복하다고 쓰던 때가 있었지. 마르지 않는 기도 같은, 어디에도 없는 너를 아무렇지 않게 마주치던 간증의 날들이 내게도 있었다.

블랙아이스

고개를 함부로 꺾지 말아요 여기선 바람도 살살 꼬리를 말고 달아나는 걸요 서둘러 이곳을 빠져나가려고 하지 말아요 우릴 쳐다보는 저 검고 투명한 눈빛이 보이지 않나요 누구도 이곳을 쉽게 빠져나가지 못하는 걸요 당신과 나 사이, 부러진 계기 바늘 같은 시간이 시커먼 눈길을 미끄러지는 중이에요 검은 빛 얼음이라니요 검은 눈빛이 아니고요 블랙홀처럼, 검정은 무엇이든 삼켜버리고 마는 동물성인가요 중심을 비켜간 바퀴들이 갈팡질팡하는 게 들리나요 검은 빛 얼음이 토해낸 아우성이 허공을 헤매는 게 보이나요 여기서는 바람도 제 궤도를 벗어나지 않으려 가만히, 그리고 천천히 불어가야만 하는 걸요

흘려 쓰다

끝과 처음 사이에서 자주 길을 잃는다.

어디가 어딘지 모르는,
다 입구 같고 출구 같지만
어느 것도 아니었던

항문과 입이 한 덩어리인 길들의
변덕 또는 능청.

해면에 흘려 쓴 글씨처럼 일그러지는
서로 겹치며 비껴간 발자국들.

마지막이라고 느낀 자리가
처음 그곳이었음을 깨닫는 순간

길에서 막 나왔는데 또 길 위에 서 있는 나.

어디에나 서 있는 내가
어디에도 보이지 않는다.

익명으로 기울다

새는 높은 데서 한 획으로 허공을 긋고 새의 진로를 가로막고 싶지 않은 나무는 낮은 데서만 신호기를 흔든다. 한쪽으로 날아가는 새가 지루해할까봐 지구는 삐딱하게 기운 채로 몸을 굴린다.

하늘을 날던 새가 갑자기 방향을 트는 것은 나무의 수신호를 그만 놓쳤기 때문이다. 초록에서 빨강으로, 깃발의 색깔이 순식간에 바뀌었기 때문이다.

오늘도 새의 이름을 부른다. 아무 이름이나 불러도 뒤를 돌아보는 새들은 툭하면 제 이름을 까먹거나 모르는 쪽으로 자꾸 날개를 꺾는다.

익명으로 자라는 숲의 나무들은 아무한테나 수신호를 날린다. 어떤 새는 저를 부르는 줄 알고 그쪽으로 방향을 튼다. 초저녁 하늘을 선회하는 검은 새들, 제 이름을 놓친 새들이 노을 쪽으로 한꺼번에 기울어간다.

비문

오늘 또 해독되지 않을 상형문자를 건네받았다.

누가 있어 이 잿빛 그늘을 거둬갈 수 있을까?
검정 글자를 달고 눈 속에 뻗치는 나뭇가지들.

비문증이군요, 처방전 없는 한마디
맥없이 가지를 늘어뜨리고 마는
쉰 몇 살.

풀지 못할 숙제 하나를 더 얹고 나서는 길
갈피 없이 흩날리기 시작하는 초저녁 눈발.

잿빛 그늘 속으로 파고드는 눈송이들
바닥에 닿기도 전 녹아드는 휑한 몸짓들.

飛蚊인지 非文인지 모를
날벼락 같은
까막눈이 애써 반갑다.

빛의 문장론

햇빛에 가려진 달의 전언을 읽는 시간이야

달의 문장은 언제나 까다로운 비유로 가득 차 있어 달의 전언을 헤아리는 건 끝없는 양파 껍질 같은 빛의 수사를 하나하나 벗겨내는 일, 햇살에 가려진 달이나 어둠 속에 숨겨진 해의 문장을 읽어내는 일은 불완전한 가능성 또는 완전한 불가능성을 가리키지

한낮의 별은 숲속에 숨겨놓은 보물들처럼 은밀하게 반짝이지 별빛의 수사를 짚어가는 건 써 내려가기 전의 문장을 미리 읽어내는 것처럼 신비로운 일이야 뱃속에 든 아가 얼굴을 그리는 엄마처럼, 간밤 두서없이 빛나던 별들의 문법을 바탕 삼아 안 보이는 빛의 자획을 찬찬히 떠올려보는 거지

나의, 복습되지 않는 빛의 문장수업은 언제나 진행형이야

급훈 뒤집기

급 훈
고개를 들어 별을 보라.
숙여서 발을 보지 말라.

당연하다는 듯 누구에게나
별을 보라고, 별만 보라고
서로 얼마나 다그쳐왔던가?

되려 이제는 고개 숙여 발을 보라고,

제 발에 뭐가 묻었는지
어디를 무엇을 밟아가며
여기까지 걸어왔는지를
똑바로 들여다봐야 할 때

멀리 가기 위해서가 아니라
어디든 제대로 가기 위해선
별을 올려보듯 발을 봐야 하리

고개 숙여 제 발을 보는 사람만이
마음속에 뜨는 별을 마주치게 되리

3부

풀피리

풀잎 하나가 바람에 가만히 몸을 기댔다.

바람은 그를 데리고 어디로든 가고 싶었으나, 풀잎은 다만 가느다란 허리를 바람에 맡길 뿐이었다.

풀잎의 가녀린 떨림이 바람의 허기를 건드리자, 바람은 바람대로

어디에도 내려앉지 못하는 몸을 풀잎 쪽으로 기울이며 그의 작은 어깨에 기대어 가쁜 숨을 고르는 것이었다.

풀잎은 풀잎대로, 바람의 가라앉지 않는 숨결을 온몸으로 달래가며 화음을 맞추는 중이었다.

이사

이십 년을 모시고 산
장모를 요양원에 모셨다.

모시는 일과 모시는 일
사이, 시간과 기억의
낡아진 세간살이들

장모에게서 아내에게로,
아내 가슴 한 구석
휑해진 방에 들이는 것.

마음에 모시는 일이
이사라는 걸 알았다.

엄마를 아버지를 선산에 모시던 지난 날들

내 가슴 속 작은 방이 왜 그리 붐볐던가를.

한쪽

괜히 한쪽을 쳐다보는 날이 늘어간다.
날이 갈수록 침침해지는 눈이야
어딜 보나 무얼 보나 늘 매한가지.
다만 한 사람이 서 있는 곳,
한 생각이 깊게 뿌리내린 곳,
어디서 슬며시 이쪽으로 고개 돌리는
누군가가 있어 나 또한
그의 한쪽이 되어도 좋겠다.
지금 서 있는 자세 그대로
그와 나란히 반짝일 수 있다면
한쪽 아니라
반의 반 쪽이 되어도 나쁘지 않겠다.
어느 한쪽을 바라보는 날이
자꾸 줄어만 간다.

늦은 비가悲歌

바닥을 가리기엔 내 꿈은 깊이가 너무 얕다.
술렁이는 파고가 다 가라앉으려면 얼마나 더 기다려야 하나?

누가 내 꿈의 기원에 대해 말해다오.
그대 남기고 간 아린 조각들,
산산이 으깨져 나간 기억을 다시 일깨워다오.

나는 청맹과니이거나 귀머거리 아니면
마음만 겉돌 뿐 제자리에서 한 치도 못 벗어난
앉은뱅이였을 터.

영원을 꿈꾸었으되 한 발짝도 못 나아가고
지워지지 않는 감정의 얼룩만 덧칠할 뿐인.

꿈속에서만 천 번은 더 안았을,
보일 듯 보일 듯
이목구비를 내비치지 않는
안개의 낯을 지닌 사람.

그대 한번만 더

사랑의 꿈을 되돌려다오.

가는귀먹은 내게 대고
날벼락 같은
절망을 속삭여다오.

월식

달빛에 발목 묶인 새들이 한꺼번에 지워지고 있었다. 팔락이는 그림자를 한순간에 놓치고 만 나뭇가지들, 팔목의 흰 무늬가 더는 보이지 않는다. 열려 있던 맨홀 뚜껑이 조금씩 닫혀가는 중이다. 바닥에 떨어진 크래커를 물고 온 쥐들이 갉아먹듯 한쪽부터 야금야금 줄어든다. 엉겁결에 허방을 밟은 취객의 다리가 갑자기 구멍 속으로 빨려들었다. 꽃불 치켜들고 한자리를 맴도는 발소리들, 모가지 꺾인 꽃그림자들이 하염없이 떨어져 내리기 시작했다.

고라니

고라니는 밀려드는 빛을 고스란히 끌어안았다
걷잡을 수 없이 우울한 파고가
길 복판에 우두커니 선 고라니를 단숨에 집어삼켰다
소용돌이치는 허무 속으로 지워지고 마는
단 하나의 고라니,
그때 머릿속에 떠올랐던 낯선 감정을
그냥 황홀이라 불러도 되었던 걸까
고라니는 죽어서 무슨 별이 되었을까
공중에 아로새겨지는 신화 속 별들,
누군가는 어떤 고라니의 마지막 순간을
별들의 목록에 써내려가야 하는지 모른다
고라니의 몸을 감쌌던 빛줄기가
내 쪽으로 순식간에 휘감겨올 때
고라니의 넋과 나의 넋이
한꺼번에 끓어오르던 걸 누가 알까
고라니의 우울한 감정이
해일처럼 밀려드는 찰나,
고라니도 나도 어디선가
초저녁별로 반짝이는 꿈을 꾸고 있었다는 걸

새들

노래를 잃어버린 새들이
나는 법을 까먹은 새들이
날아갈 곳도 이유도 없는 새들이

발소리가 지워질 때마다
허무의 노래로 태어나는,

그런 새들이 어딘가에는 꼭 있는 법이란다.

할아버지 무릎에 누워 나는
점점 늪 속으로 빠져들었다.

창문 너머 검은 새 하나가
시간을 거슬러 날고 있었다.

피

반송된 등기처럼 날 자꾸 찔러대는 순간이 있다 마지막 날의 아버지, 농약은

왜 더 푸르러도 좋았을 사내의 나날을 한꺼번에 걷어가 버린 걸까 반송되지 않는 아버지, 산자락에 비스듬히 거꾸로 누운 그의 눈동자에 어린 하늘빛 따라 푸르렀다 붉었다 하는 저수지 물살들, 죽음과 삶이 수시로 뒤바뀌는

농약 뿌린 논에서는 벼들이 씩씩하게 자라고 있다 그러니까 아버지는 벼 아닌 피였던 것,

피는 또 피를 낳고, 그처럼 나도 피의 날들을 건너갈 것이다 결코 반송되지 않을

뚝방 전설

휘청거리는 만삭의 달빛, 엄마 마중 나간 열다섯 順이는 물비린내 나는 개울가에서 억지로 꽃봉오리를 열었다. 스물 몇 살 낯선 사내는 비릿한 술 냄새를 풍기며 그 애를 안고 풀숲 속으로 지워졌다. 이듬해 읍내에서 마주친 順이와 나는 반쯤 피다 만 웃음을 지으며 서로를 비껴갔다. 등 뒤에서 젖먹이의 울음소리가 깜박였다.

이건 좀 다른 이야기, 우리 마을보다 두 배쯤 되는 옆마을 애들과 뚝방에서 패싸움을 벌이던 밤, 民이네 사랑방에 숨어든 우리는 동틀 때까지 숨소리를 죽이고 바깥 동정을 살폈다. 담장을 끼고 도는 발소리가 날 때마다 누군가 침 삼키는 소리가 덜컥, 벼락처럼 가슴을 쓸어내렸다.

열다섯 까까머리들의 심장 뛰는 소리가 밤새 들창을 울려대던 그날이었을까? 내 친구 順이는 뚝방 아래 흐르는 물소리가 삼켜버린 짧은 비명을 놓치고는 서둘러 엄마가 되었다. 서울 어디서 식모살이를 한다던 淑이의 소식이 들려온 것도 그맘때였다.

노랑종이나비

서툰 가위질로 오려 붙인 노랑종이나비가 꽃나무 아래를 날아갑니다. 그늘에 붙들린 날개를 세게 흔들어도 제자리를 못 벗어납니다. 먼발치에 서 있는 사람 발등에 얹힌 그림자가 무거워집니다.

화분의 꽃잎이 떨어져도 나비는 여전히 그 자리를 날아갑니다. 꽃잎 떨군 자리 새 잎이 돋으면 날개를 힘껏 팔락이지만 그곳까지 가 닿지는 못합니다.

당신, 꽃나무 그늘을 나는 나비의 그림자를 못 보았나요. 귓가를 간질이는 날갯짓 소리도 듣지 못했나요. 진작 귀먹고 눈멀어버린 나도 이런 걸요.

풍경의 유행 2

모서리가 둥글게 닳은 나무의자에 모여 앉은 노인들, 파란만장한 시절들을 한 소절씩 풀어낸다

가지에 매달린 이파리들이 노랗게 현기증을 앓는 시간, 비둘기 몇 마리 빵조각 한 점 없는 바닥에 머리를 조아린다 노인의

주름엔 그가 건너온 시간이 검버섯처럼 얼룩져 있다 골이 깊어질수록 얼룩은 점점 흐려지고 언젠가는 능선 너머로 지워지는 검은 새들처럼 쓸쓸히 저물어갈 것이다

국밥집 벽지의 손때 묻은 벚꽃무늬 분분할 무렵,

먹먹해진 노인들이 앉을지 일어날지 모를 자세로 제자리를 맴돌고 있다

몽당빗자루

얼마나 마당을 쓸어댔으면
저렇게나 뭉툭해졌을까
하루에도 몇 번씩
비질하는 마음은
또 얼마나 닳아왔을까
며느리 떠나보낸 날도
아들자식 앞세운 날도
잘 가라고,
잘 가라고,
저수지 쪽으로 부는
바람결 따라 새기는 비질 무늬
풀린 매듭 동여매듯
주저앉는 맘 추슬러가며
밤낮없이 땅바닥만 쓰시던
할아버지
그림자도 지워지고

햇살론

햇살은 때때로 죽음 가까이 터를 잡는다
공원 모퉁이 나무의자에 모로 누워서는
햇빛을 피해가며 자반뒤집기 하는 사내
얼굴 쪽으로 집요하게 쏟아지는 빛살들,
덜컹거리는 버스 차창에 기대어 조는
어린 이마에 다짜고짜 내리꽂히는 햇빛,
낮은 담장을 낀 고추밭을 지나온
바람의 붉은 속내에 흠씬 젖은
초저녁 노을, 젊은 엄마 무덤가에 핀
희디흰 꽃들, 깨알 글씨처럼 수런대는
꽃잎 하나하나를 애 만지듯 쓰다듬는
따스한 손바닥들, 가끔 햇살은
죽음 너머에서 슬며시 고개 쳐드는
울음소리 쪽으로 더 눈길을 돌린다

짝짝이

난 언제나 짝짝, 양말을 빨고 나면 한 짝은 어디 가고 나머지 한 짝만 덩그러니 걸려 있어요 바람은 아무렇게나 불고 볼품없는 반쪽이 흙바닥을 뒹굴어요 엄마를 찾으면 엄마가 없는, 애인을 부르면 애인이 지워지고 마는 세상 속 나는 툭하면 낯설어지는 누군가를 꿈꿔요 이별이 쌓일수록 사랑은 덩치가 커지고 나는 그이가 일으킨 물살에 이리저리 휩쓸리는 중이지요 밤새 오지 않는 사람을 찾아나선 새벽 꿈길마저도 짝짝인, 신기루의 날들을 홀로 건너면서 말이에요

초승달

울 엄마 속내 닮은 달이 떴다.

저수지 바닥에 처박힌
낫 날이 희푸르게 울고

선산 그림자 삼켜가며
물가 휘젓는 돌개바람

엄마 찾다 지친 아이의
눈시울 물드는 하늘 가

돛대 꺾인 쪽배 하나
꿈 물살 거슬러 간다.

리셋

새로운 꿈을 꾸어야 할 시간이에요
진짜가 아닌 줄 알고도 모르는 척
붙들고 있던 그림자를 놔주고
처음 그 자리로 되돌아가
한 사람을 위한 노래를 부를래요
말라죽은 줄 알았던
꽃나무에 감도는 숨결,
내 꺼져가던 심지에도 불꽃을 당겨야지요
갓 깬 슬픔 그릇째 엎으며
밤새워 쓴 노래를 잃고는
외줄기 길을 홀로 걸어가는 이의
자꾸만 줄어드는 보폭 사이에 채워줄
그늘 한 채쯤 어디서인들 못 찾겠어요
안 보이는 발자국을 되짚다가 마주친
가진 것을 다 버리고서야 겨우 얻을
첫 기도 같은 시간이 날 찾아왔어요

4부

굴욕

정갈하게 버티는 방식으로 너는 쑥쑥 자라나지. 말을 아끼는 것과 마구 퍼붓는 것 중 어느 쪽이 더 나을까? 너는 너의 식으로, 나는 나의 식으로. 우리는 각자의 세계로 무작정 뻗어가는 가시 달린 곁가지들. 시란, 어쩌면 그런 게 아닐까? 순수를 입에 머금을수록 혀는 점점 꼬여만 가. 좋은 게 좋은 거라는 말을 입에 달고 살던 이가 있었어. 뭐랄까, 무불통지 설상가상 진퇴양난 무용지물인 그의 무용담 끝에는 결국 아무것도 남지 않았지. 비뇨기과 출입문을 한참 기웃거리다 돌아서듯 한순간도 경계선을 넘지 못하고 제자리에 주저앉고 마는 발길들. 내가 지닌 건 아무에게도 가 닿지 못할 모스 부호를 띄워가며 안 보이는 발가락을 자꾸 꼼지락거리는 전갈의 환상통. 다리 잘린 전갈의 방식으로 그렇게 우리는 각자의 길을 걸어가는 중인 거지.

나무가 나무를

흔들리면서 나무는 다른 흔들리는 나무들을 본다.
아침 햇살에 한쪽 눈이 먼 새가 깃을 떠는
작은 옹이구멍 속에서는
갓 태어난 새의 절망이 둥글게 부풀어오른다.
부릅뜬 한쪽 눈으로 숲을 가로지른 빛살을 따르고
닫힌 자물쇠 같은 한쪽 눈으로는
안 보이는 나무의 뿌리 쪽을 파고드는
새의 뾰족한 울음에 파리하게 떨려오는 연둣빛들.
사랑이 다른 사랑한테서 저를 들키듯
나무는 다른 나무에게서
제 줄기 속을 흐르는 음악을 만난다.
가지를 움켜쥔 새의 가냘픈 박동이
제 속의 가느다란 울림과 잇닿아 있음을
소스라치는 떨림으로 깨닫는다.
갓 날아오른 새의 날갯짓 따라
수런거리며 고개 쳐드는 꽃들,
꽃들. 저리 환한
절망의 잇단음표들.
흔들림은 또 다른 흔들림을 부르고
흔들리는 세상 속

혼자이면서 전부인 나무는
겹겹의 '나'와 눈부시게 마주친다.

끈을 조이며

오래 정박해 있던 배 하나가 기별 없이 떠나가는 새벽
미명 속으로 풀려나가는 뱃고동 소리를 끌어당기며
선착장 골목을 서성이는 발소리가 납작하게 일그러진다.

어떤 누군가는,
검은 공기를 헤치며 가는 뱃머리, 흰 모자의 손짓을 따라 좌우로 쏠리는 배의 무게중심처럼 가파르게 주저앉으려는 맘을 가까스로 일으켜가며 제자리를 맴도는 중이다.

선미 쪽에서 끓어오르는 물거품의 비릿한 속내, 깃대에 매달려 창백하게 나부끼는 깃발까지도 죄다 중심을 비껴간 지 오래인

흐릿해지는 어둠의 모서리 쪽으로 고개 돌리는 절망의 근친들, 나는 또 어딘가로 떠나기 위해 느슨해지는 정신의 고삐를 당긴다.

모르는 길 위에 첫 발을 내딛는 사람은
돌아오는 길을 스스로 떠올리지 않지만

길은, 제자리로 돌아가는 법을 스스로 깨닫는다.

데자뷰, 1980년대

어디서나 기도 소리가 들려왔다 누군가 아멘, 하고 부르짖을 때마다 천국은

한눈파는 애인처럼 모르는 사이 점점 멀어져 갔다 이곳은 언제나 지옥이었고 반드시 지옥이어야만 했다 어디에도 없는 신처럼

안 보이는 것들을 여기로 불러내는 건 터무니없는 믿음뿐이었지만,

그게 아니라면 저 너머를 꿈꾸는 건 애당초 불가능한 일이었다 세상 떠난 엄마를 마주치듯 신은 불가능한 꿈속에서만 찬란했다 기도는 막히기 일쑤였지만 어디서나 빛의 꼬리를 물고 일어서곤 했다 감았던 눈을 뜨면

내가 서 있는 자리가 또 바뀌어 있었다 뿌리 없는 꿈의 표지를 갈아치워야 할 때가 다시 찾아온 것이다

시인

다짜고짜 시를 떠올리는 시간, 도무지 시는
안 나오고 쓸데없는 잡념만 꼬리를 무는
오후 세 시, 밤이 되어야 해 시는
가면을 쓰지 않아도 되는 시간에만
저를 드러내는 법이거든, 툭하면
꿈속에서 만나는 이목구비 없는 애인처럼
날벼락같이 날아든 친구의 부고처럼 눈물나게
즐거워지는 이별처럼 느닷없이 와서는
종적도 없이 지워져버리지, 시는
기다리면 도통 오지 않다가도
걷다보면 쏜살같이 지나가버리는
버스처럼 자꾸 나를 마다해도 나는
다짜고짜 시를 써가야 해
시를 써야만 시인이 되는
하루하루를 어떻게든 살아내야 하는
나는,
누가 뭐래도 시인이니까

비뇨기과, 오전

오전 비뇨기과는 좀 한가한 줄 알았지 문을 열기 전 빼꼼,

안쪽을 살피지 않아도 되는지 비뇨기과 의사는 나를 잘 알지 만난 첫날 다짜고짜 내 항문 속을 탐색하던 손가락, 그 치명적 쪽팔림만 모를 뿐 그는

내 전립선에 숨겨진 비밀 코드를 기막히게 읽어내지 발기부전의 사내처럼 비뇨기과 문을 기웃거리는 잔뇨의 수치를 더는 궁금해하지 않지 요실금과 전립선을 깔고 앉은 낯선 얼굴들이 서로 묻지 않아도 저절로 알게 되는 기밀들, 오전 비뇨기과는

까다로운 통과의례를 다 거치지 않아도 되는 단골의 시간 비뇨기과 의사는 진료실에 있는 동안만 나를 속속들이 이해하지 문을 열고 인사를 나눠도 어제처럼 나를 몰라보지 오늘의 나와 어제의 나는

서로 다르고 비뇨기과의 오전과 오후는 대기실 공기도 똑같지는 않지 고개 수그린 채 귀만 열고 기다리는 하나하나들

너무 아프게 살아왔다, 는

너무 아프게 살아왔다, 는 말을 할 때면
내가 부끄러워진다 그 말을 나는
너무 쉽게 내뱉어왔구나 지금까지
내가 겪어온 아픔은 나만의 아픔,
슬픔 또한 나만의 것이었음을
거듭거듭 깨닫는 것이다 『악의 평범성』*을 펼쳐 들고
한 공간에서도 좀처럼 겹치지 않던 우리의
크기 다른 발자국들, 나의 속 좁은 가난과
천둥 같은 그의 그리움**이 빚어내는
불협화음의 박자를 짚어가며 나는
내 조그만 그릇을 깨뜨리지 않으려 애쓴다 그의
커다란 그릇에 새겨진 무늬의 결을 고이 품으며
그릇이 넘쳐나도 그냥 내버려두기로 한다 이제는
아프게 살아왔다는 말, 몸서리치는
슬픔과 절망 속에서 간신히 버텨왔다는
그 말을 함부로 꺼내지 않으리라
다짐하며 또 다짐하며, 다시
한 편의 시를 꿈꾸기 시작하는 것이다
시의 빈소에 꽃 하나 바치듯**
제 길을 찾아 뚜벅뚜벅 걸어가는 시인의

그림자 어깨에 빛 한 줌 얹어주듯

*이산하 시집 『악의 평범성』(2021, 창비).
**이산하 시인의 시.

詩

소리의 결 사이 낀
침묵이 아니라

침묵과 침묵 사이
깃든 소릿결.

서로를 다 비우고도 남을
빛과 어둠의

날 선
불립문자.

단꿈

꽃 피기 전
서둘러 잎 떨구고 싶다

피거나 지거나
꽃은 어차피 꽃,

꽃잎 다 붉기 전
잎새 먼저 떨구어도

꽃 피우려던 맘 대신
덜 붉은 꽃잎이라도 붙들고
한세월 나란히 저물어도 되리

하나 남은 잎 막 떨어지려는
거기쯤에서

당신 빨개진 낯 보며
나 잠깐 단꿈에 젖으리

구름의 위증

구름의 위증은 상습적이다.
시도 때도 없이 낯빛을 바꿔가며
구름은 허공을 왜곡한다.
한때는 속모를 하늘의 추종자였다가
첫닭 울음소리가 귀에 닿기도 전
눈앞에서 거짓말처럼 사라져버린
누군가를 쏙 빼닮은 구름.
언젠가 나도 그의 위증에 끼어든 적 있지만
시인의 거짓말은 워낙 사소한 것이어서
구름은 내가 자기편이란 걸 까먹고는
종신의 꿈에 날 가두려는 자리에서
하마터면 딴말할 뻔한 적도 있다.
그 후로도 나는 구름을 따라
몇 번이나 돌이키지 못할 길을 나섰지만
그의 민낯을 꼭 한번은 들춰내고픈
내 서툰 속내를 들키기라도 할까봐
아직 구름의 끄나풀인 양
그 뒤를 졸졸 따라다니는 중이다.
구름과 매한가지,
나의 위증은 아직 진행형이다.

새를 부르는 법

휘파람을 불었다. 빼꾸기 소리를 냈다. 나뭇가지가 조금 흔들리기도 했다. 고양이 울음소리를 냈다. 쥐구멍을 찾기 힘들었다. 또 무슨 소리를 내려는데 개가 먼저 짖었다. 들창에 비친 그림자가 잠깐 깜박거렸다. 어디서 바람 소리가 들려왔다. 누군가 휘파람을 불고 있었다. 빼꾹새 울고 나뭇가지가 흔들리더니 고양이에 쫓기던 쥐들이 빗장을 닫아걸었다. 무슨 소리가 났는지 갑자기 개가 짖어댔다. 창 너머엔 아무것도 보이지 않았다. 새 울음소리가 멀어지는 중이었다. 문득 바깥이 궁금해지기 시작했다.

손가락은 도마 위에서 지워진다

손가락은 도마 위에서 지워진다 사람이 자기 땅에서 서서히 저물어가듯 모든 것은 제 바탕에서 춤추다 사라진다

달아오르다 만 양은냄비 뚜껑 같은, 창백한 낮빛의 해가 오래 자리를 비운 신 대신 하늘을 맴돌고 있을 때

주방에서는 칼날에 잘린 조각들이 사방으로 흩어지고 오른손에 들린 식도를 피해 몸을 뒤트는 왼손의 무한질주 속

손가락은 갑자기 도마 위에서 사라진다 갓 뽑아낸 쪽파 같은 힘줄이 규칙적으로 오므려졌다 펴졌다 하는 사이

당근이, 무가, 양파가, 두부가, 고깃덩이가 차례로 치워지고 더는 자를 게 없어진 칼날이 무디게 허공을 가르려는 찰나

도마는 문득 손가락을 비워낸다 손끝의 감각이 무디어진 타짜가 화투판을 뜨듯, 누구에게나 자기 바닥을 떠야 하는 순간이 날벼락처럼 들이닥친다

시인학교

몰입해야 한다. 그저 쓰는 게 아니라
제대로 쓰기 위해서는 조금이라도 더 깊이
도무지 낯을 내보이려 들지 않는 애인들 속으로 파고들어야 한다.

어제 쓴 시는 진작 망했고
방금 내 손을 떠나간 말들은
철 지난 연애처럼 서둘러 시들었다.

불멸을 꿈꾸던 연인들이 제자리에 주저앉는 시간,

순간의 잇단음표를 붙들고 늘어지는
애인들의 무덤이자 천국인 이곳에서
시인으로 살아가기 위해 나는

어제의 애인들을 버리고 오늘의 애인들에게로 조금 더 가까이 다가서야 한다.
너와 나를,
더 힘껏 서로에게 밀어내야만 한다.

악공

—S

달빛 아래서 누가 기타를 친다.

한낮의 허공을 긋고 간 새가
맥없는 발길질에 차인 돌멩이가

한 세계가 다른 세계를 꼭 붙들고는,

그의 손짓을 따라 어두웠던 속내를 내비치기 시작한다.

악공의 얼굴이 더는 궁금하지 않다.

꽃 얼룩

고양이가 앉았던 자리 꽃이 피었다.

꽃이 되고픈 누군가의 한때
화무십일홍 필사체 베껴 쓰다

그만 자지러지던 목련꽃
마지막 잎사귀 떨군 자리,

허둥대던 발걸음도 꽃 자국으로 새겨졌다.

몸살처럼 스쳐간 시절 얼룩으로 남아

꽃 피워내려던 그 맘 되게 얼얼했겠다.

궁사

누군가 시위도 없이 계속해서 화살을 쏘아댔다.

표적이 안 보이는 쪽으로 날아가는 화살들, 어디에도 없는

누군가를 향해 무작정 달려가는 어떤 사람을 본 적 있다.

■ 해설

시라는, '앓이'와 '놀이' 사이에서 견디기

— 박완호 시집, 『문득 세상 전부가 되는 누군가처럼』을 읽고

백인덕/ 시인

1.

이른바 '시적 계기'라고 알려진 순간적 인지나 사유, 자각의 상태에서 '항상성'을 발견하거나 강조하는 이론을 본 기억이 없다. 만약 그런 것이 있다면, 반복하는 '주제'나 주요 '상징'으로 읽는 것이 이론 전개에는 더 자연스럽기 때문일 것이다. 사실, '계기momentum'는 어떤 사건이 발생하는 그 찰나에 주목하는 것이 아니다. 오히려 집중되었던 힘이 한 방향으로 전개되어 소멸할 때까지의 전 과정의 특성을 지시한다. 결국, 시적 계기는 시작 태도를 거쳐 시적 지향과 관련해서만 온전한 특성이 드러나게 된다. 그의 계기는 곧 그의 목표를 씨앗으로 함축한다. 그러나 발아한 모든 목표가 실현되는 것은 아니다. 목표의 실현을 유보, 지연하려는 심적 저항이 작용할 수도 있고, 계기 자체의 내적 특성으로 힘의 방향이 휘어져 순환, 재귀할 수도 있기 때문이다.

박완호 시인의 시작詩作 전반에 걸쳐(필자가 파악하고 있는 바로는) 가장 강력한 모멘텀은 예의 '아버지'이다. 이번 시집에서도 그 사실은 쉽게 파악할 수 있다.

반송된 등기처럼 날 자꾸 찔러대는 순간이 있다 마지
막 날의 아버지, 농약은

왜 더 푸르러도 좋았을 사내의 나날을 한꺼번에 걷어가
버린 걸까 반송되지 않는 아버지, 산자락에 비스듬히 거
꾸로 누운 그의 눈동자에 어린 하늘빛 따라 푸르렀다 붉
었다 하는 저수지 물살들, 죽음과 삶이 수시로 뒤바뀌는

농약 뿌린 논에서는 벼들이 씩씩하게 자라고 있다 그러
니까 아버지는 벼 아닌 피였던 것,

피는 또 피를 낳고, 그처럼 나도 피의 날들을 건너갈 것
이다 결코 반송되지 않을

—「피」 전문

한 사건을 수식하는 어휘들, '마지막 날', '농약', '거꾸로 누운' 등은 사건의 비극성을 순식간에 표면화할 수 있을 만큼 강력하다. 그 위력은 '반송된 등기'가 시인을 '찔러대는 순간'으로 갑자기 현재화한다. "그의 눈동자에 어린 하늘빛 따라 푸르렀다 붉었다 하는 저수지 물살들"에서 '어린'을 중의적으로 최초 목격자의 시선으로 치환할 수만 있다면, "죽

음과 삶이 수시로 뒤바꾸는" 그 절명의 순간이 '반송된 등기'를 받아드는 어처구니없는 순간에 곧바로 소환되는 까닭을 능히 미뤄 짐작할 수 있다.

제목의 '피'는 3연의 "아버지는 벼 아닌 피였던 것"이라는 데서 알 수 있듯이 표면적으로는 '볏과에 속하는 한해살이 풀'이지만 이 작품에서는 동음이의어로 중의성을 갖는다. 4연의 "피는 또 피를 낳고, 그처럼 나도 피의 날들을 건너갈 것이다"라는 표현은 '피血'를 통해 앞부분에서는 심층적으로 세대의 연속을 뒷부분에서는 '피'를 제유로 '피의 날들'이라는 표현을 통해 고통에 대한 시인의 원초적 입장을 드러낸다.

시인에게 '부모'는 여전히 생을 구성해준 기원이라는 의미에서 기억보다 더 깊은 본능의 프로이트 의미에서 '생과 사'적 충동을 보전한다. 다만 이제 시인의 변화를 찾아보면 충동을 간곡한 바람의 형태로, 즉 일상에서 교환할 수 있는 정서의 형태로 바꿨다는 점이 드러난다. 가령, 「사모」의 "한 아홉 번쯤 더 태어나면 어디쯤에서/ 당신과 나 또 엄마 아들 되어/ 오래 아프면 더 좋을 당신을 업고/ 산이든 바다든 맘껏 돌아다니게 될까?" 자문하는 형태나 「꿈길」의 "아버지를 업고 꿈속을 걸었다./ 마음은 천근만근 무거운데/ 그이 몸은 깃털만큼 가벼웠다./ 꿈길은 어제처럼 짧고 서러워/ 이불 뒤척이는 소리에도 휑해지는/ 짝이 겨울 골짜기처럼 시려왔다"라는 내용은 체험의 보편화라는 측면에서 중요한 의미가 있다.

나는 어디선가 주저앉고 있을 한 사람을 위해
또 길을 나선다. 모난 몸을 서로 비벼가며
울어대는 돌멩이들처럼 나도
상처투성이인 나를 더 세게 끌어안으며
아플수록 찬란해지는
고통의 노래를 부르려는 것이다.

—「우는 돌들」 부분

이번 시집은 아무래도 시적 계기가 아니라 자세와 지향이라는 층위에서 박완호 시인의 시 세계를 생각하게 한다. '우는 돌들', 돌이 울 수 있는 경우는 무슨 해수욕장처럼 외부 영향으로 부딪치는 현상을 의인화하는 경우 말고는 없다. 아니다, 수사에 기대기 이전에 자기 온 존재를 던져넣는 방법도 있다. 그렇게 해서 '울음'이 상태를 나타내는 현상이 아니라 "아플수록 찬란해지는/ 고통의 노래"가 되도록 만드는 것이다.

2.

일반적으로 '질병disease'은 몸과 관련하여 생물학적 병리 현상을 지칭하지만 '앓이illness'는 심리 차원의 기술로 '객관적 상관물'을 특정할 수 없는 상태를 일컫는다. 시에서 앓이가 종종 불가해한 것으로 취급되는 이유는 '통증'은 현전하는 것처럼 그려낼 수 있지만, 앓이는 객관적 상관물의 부재로 인해 누구, 혹은 무엇으로부터라는 기원의 파악이 어렵기 때문이다. 다시 말해, '꽃'에 관한 시가 만약 실패한다면 그 열정이 잘못된 것이 아니라 열정의 에너지인 인내와 침묵이 너무 빨리 소진된 것과 관련한다는 뜻이다.

박완호 시인은 다음에 인용하는 한 작품을 통해 잠재적으로 끼인 상태인 '앓이'의 상황에서 시인이 취하고자 하는 시적 태도, 나아가 시적 지향의 구체적 방향까지도 다 보여준다. 다만, 함축된 코드를 풀어내라는 주문과 함께.

이 순간 나는 휑해진 넋까지 죄다 게워낸
허무의 맨바닥이어야 하리. 이럴 때
죽음을 떠올리는 건 사치. 나는 또
어떻게든 오늘을 버텨낸 후에
내일 또 하나의 절망을 낳으리.
아버지의 아버지, 아버지의 아들과 그 아들의 아들이 마주치고 갈라서는
그물망 같은 나날 속 제자리를 맴도는 나는
허무가 낳은, 허무를 낳는, 허무의
투명한 그림자. 더는 아무것도 아닐
세상의 길들을 떠돌며 어딘가에 새겨져 있을 노래의 지문을 찾아다니는 나는
허무의 맨바닥을 딛고 서서
기꺼이 새로운 허무를 맞이하려는
날개 없이도
만 리 밖을 꿈꾸는
한 마리 새.

—「가인歌人」 전문

시인은 맨 먼저 '허무의 맨바닥'이어야 함을 주장한다. 왜냐하면 "아버지의 아버지, 아버지의 아들과 그 아들의 아들"이라는 "그물망 같은 나날 속"에 "제자리를 맴도는 나는/ 허무가 낳은, 허무를 낳는, 허무의 투명한 그림자"이기 때문이다. 명제가 아닌 이 시적 자기 정의는 크게 두 가지 측면에서 주목할 필요가 있다.

하나는(좀 사소하게 보일 수도 있겠지만) 이전의 시집에서 강력한 의미 형성 축이었던 '아버지-나'라는 일 대 일의 관계가 '할아버지-아버지-나-아들'로 이어지는 종적 의미 축으로 확대되었다는 것이다. 이는 아무리 좁혀 생각해도 시간의 흐름에 대한 인식의 변화라 볼 수 있다. 나아가 운명에 대한 인식 변화도 엿볼 수 있다.

가령, 「새들」은 "노래를 잃어버린 새들이/ 나는 법을 까먹은 새들이/ 날아갈 곳도 이유도 없는 새들이" 이 세상 어딘가에 반드시 존재한다는 가르침, "할아버지 무릎에 누워 나는/ 점점 늪 속으로 빠져들었다"라는 기억은 시인의 주요 모티프인 '새'의 등장과 더불어 운명에 대한 인식이 드러난다는 점에서 주목할 작품이라 할 수 있다.

인용 작품의 후반부는 제목인 '가인'에 대한 자기 정의라 할 수 있다. "허무의 맨바닥을 딛고 서서/ 기꺼이 새로운 허무를 맞이하"는 것이 가인의 숙명이라면 시인은 "날개 없이도/ 만 리 밖을 꿈꾸는/ 한 마리 새"가 되는 것도 마다하지

앓겠다는 각오를 내비친다.

이번 시집에서 '새'가 제목에 등장하는 작품은 「새의 눈에 마지막으로 어린 황홀 같은」, 「새는」, 「새를 부르는 법」 등으로 빈도가 높다고는 할 수 없다. 하지만 앞 인용 작품처럼 '새'의 이미지나 상징이 사용된 경우, 혹은 나무나 돌처럼 정지된 사물과는 다른 이동과 초월의 이미지로 소환되는 경우 등을 고려하면 '새'는 '울음과 비행'이라는 두 가지 변별성으로 시인에게 매우 중요한 의미라는 것을 알 수 있다.

사실 '앓이'를 곧바로 고통과 연결할 수는 없다. 그것은 앓이가 통증을 수반하기는 하지만 대상이 분명한 감정의 상태를 통과해 존속할 수 있는가는 불분명하기 때문이다. 하지만 시는 특별한 이유 없이 제가 애써 온 길을 문득 끊어 재귀한다는 점에서 통증을 고통으로 승화하는 나름의 놀라운 비법들을 보여준다.

시는, 시를 견디라고 내게 온다.
어제의 나를 견디고
여태 짊어지고 있던 불행을 더 끌어안으라고.
이런 개새끼, 귀가 다 헐도록 들어온
수모와 욕설까지 한꺼번에
나를 찾는다. 그날,
비 내리는 무심천 울먹이는 물그림자
툭하면 꺼지려 들던 불꽃의 어린 심지
앙다문 입술 사이 실금처럼
일그러지던 글자들. 시는

어떻게든 오늘을 버텨내라며
어제처럼 나를 일으켜 세운다. 온 힘을 다해
지평선을 밀어버리려는 사내를 보라며
경계에 설 때마다 머뭇거리는
나를 싸움판으로 떠밀어댄다.

—「시는, 시를 견디라며」 전문

시인에게 "시는, 시를 견디라고" 온다. 이 무슨 어처구니 없는 상황인가, 비극이라기엔 서사가 약하고 반어라 하기엔 너무 진지하다. 아마, 문제는 견디는 자세가 아니라 견딤의 내용일 것이다. "어제의 나를 견디고/ 여태 짊어지고 있던 불행을 더 끌어안으라고" 시는 내게 온다. 여기서 시는 어떤 '앓이'의 정체 모를 화신이다. 시인은 사실 "차도와 인도에 반쯤 걸친 바퀴들,/ 이쪽이든 저쪽이든 갈 테면 가보라지"(「숫자 바퀴」) 호기를 부리기도 하고, "아직은 먹먹한/ 부러진 과도 같은 새벽"을 늘상 마주하는 경계인이다.

그에게 시는 "경계에 설 때마다 머뭇거리는/ 나를 싸움판으로 떠밀어댄다" 즉, 시는 앓이에서 통증을 지나 고통의 길로 나아가라고 다그치는 존재일 뿐이다. 여기서 고통은 "아플수록 찬란해지는"(「우는 돌들」) '노래'를 나에게 줄 것이다. 내가 부르고 나로 인해 세상이 듣고 알게 될 것이다. 이것이 박완호 시인의 '앓이'가 중단되지 않는 이유다.

3.

어느 쪽이 더 윤리적인가, 아니면 더 시적인가? 고통을 향한 놀이, 고통에 의한 놀이, 고통의 놀이. 놀이가 표상하는 대표적인 가치인 '즐긴다'라는 뜻을 살리면서 역할을 갖는다[play], 혹은 승패를 결정한다[game]는 의미를 배제하기 위해 '놀이fun'라 표기했다. 일반적으로 '펀'은 말놀이, 혹은 말재롱처럼 언어의 기표 변화를 통해 기의의 자연스러운 지배를 훼손하는 경우를 지칭한다. 따라서 '가볍다'는 선입견 때문에 시의 위의威儀와는 동떨어진 수사법으로 치부되곤 한다. 하지만 발화나 언술 상황, 그 자체에 주목하게 한다는 점 때문에 차용했다.

박완호 시인은 아프고 진지한 눈으로 세상을 탐색한다. 무언가를 정한 목표 없이 탐색하는 자세는 뜻밖의 발견, 혹은 기대 이상의 진실과 마주쳐 새로운 차원을 전개하거나 현재 자신이 마주한 상황에 대한 사유를 새로운 방향으로 이끌기도 한다.

당연하다는 듯 누구에게나
별을 보라고, 별만 보라고
서로 얼마나 다그쳐왔던가?

되려 이제는 고개 숙여 발을 보라고,

제 발에 뭐가 묻었는지
어디를 무엇을 밟아가며

여기까지 걸어왔는지를
똑바로 들여다봐야 할 때

멀리 가기 위해서가 아니라
어디든 제대로 가기 위해선
별을 올려보듯 발을 봐야 하리

고개 숙여 제 발을 보는 사람만이
마음속에 뜨는 별을 마주치게 되리

—「급훈 뒤집기」 부분

어쩌면 시인의 일상과 가장 밀접한 소재의 작품이라고 해도 무방할 것이다. 교육철학이나 이념, 목표가 아닌 어떤 캐치프레이즈가 존재 여부는 '학교'를 떠난 지 너무 오래된 필자로서는 잘 감이 잡히지 않는다. 다만 시인의 눈에 "고개 들어 별을 보라./ 숙여서 발을 보지 말라"라는 급훈이 문제로 읽혔다는 것만 안다. 제목처럼 '뒤집기'가 필요한 시점이 온다.

시인은 인용한 부분의 네 번째 연에서 "멀리 가기 위해서가 아니라/ 어디든 제대로 가기 위해선/ 별을 올려보듯 발을 봐야 하리"라는 일종의 깨달음이 '뒤집기'의 근본 이유라는 것을 밝힌다. 이어지는 연의 "고개 숙여 제 발을 보는 사람만이/ 마음속에 뜨는 별을 마주치게 되리"는 명제이면서 동시에 시인의 바람을 오롯이 함축한다.

시인은 어느 선배의 인상 깊었던 시집을 본 소회를 통해, "내가 겪어온 아픔은 나만의 아픔,/ 슬픔 또한 나만의 것이었음을/ 거듭거듭 깨닫는 것이다"(「너무 아프게 살아왔다, 는」)라고 고백한다. 이어 "한 공간에서도 좀처럼 겹치지 않던 우리의/ 크기 다른 발자국들, 나의 속 좁은 가난과/ 천둥 같은 그의 그리움이 빚어내는/ 불협화음의 박자를 짚어가며 나는/ 내 조그만 그릇을 깨뜨리지 않으려 애쓴다"라고 그의 시에 대한 나의 이유를 밝힌다.

이 작품은 시인의 영향 관계라는 측면에서 중요한 함의가 있다. 사실 우리 시단은 영향 관계에 대한 논의가 거의 없고. 그 실상이 거의 학연이나 지연 등으로 왜곡된 상황이라 '영향'을 받았음을 밝히기도 어려운 실정이다. 미뤄 짐작할 사정이야 많지만, '아프게 살아왔다는 말'은 이제 좀 넣어두고 "그 말을 함부로 꺼내지 않으리라/ 다짐하며 또 다짐하며, 다시/ 한 편의 시를 꿈꾸기 시작하는 것이다"라는 자기 확신을 통해 박완호 시인은 어쩌면 통증을 견디며 즐기는 것이 아닐까 하는 생각에도 닿게 된다.

이 또한 사족이지만, 박완호 시인은 물리적 자연인으로서의 관계와 일상을 구태여 시에 잘 끌어들이지 않는다. 이번 시집은 「이사」, 「그림자 붉은」 등에서 생활 형태의 중대한 변화를 소재로 삼았고, 「굴욕」, 「비뇨기과 오전」 등의 작품에서는 자신의 소소한 문제를 꺼내 보여주기도 했다. 이 또한 종적 변화를 포함한 횡적 변화의 징후라 볼 수 있다.

몰입해야 한다. 그저 쓰는 게 아니라

제대로 쓰기 위해서는 조금이라도 더 깊이
도무지 낯을 내보이려 들지 않는 애인들 속으로 파고들어야 한다.

어제 쓴 시는 진작 망했고
방금 내 손을 떠나간 말들은
철 지난 연애처럼 서둘러 시들었다.

불멸을 꿈꾸던 연인들이 제자리에 주저앉는 시간,

순간의 잇단음표를 붙들고 늘어지는
애인들의 무덤이자 천국인 이곳에서
시인으로 살아가기 위해 나는

어제의 애인들을 버리고 오늘의 애인들에게로 조금 더 가까이 다가서야 한다.
너와 나를,
더 힘껏 서로에게 밀어내야만 한다.

—「시인학교」 전문

물론 이번 시집에서 압도적인 빈도와 질적 수월성을 보이는 작품들은 박완호 시인의 시관詩觀, 시적 태도, 지향을 보여주는 것들이다. 그의 시는 '버티기'보다는 '견디기'라는 특성으로 더 잘 드러나는 데 있고, 인정하지 않는 것도 아니면서 시인은 언제나 같은 방식을 다시 시도하기 때문이다.

"어제 쓴 시는 진작 망했고/ 방금 내 손을 떠나간 말들은/ 철 지난 연애처럼 서둘러 시들었다." 웬만하면 '그만'을 외칠 순간에 시인은 "몰입해야 한다. 그저 쓰는 게 아니라/ 제대로 쓰기 위해서"라고 또 자기 자신만 다그친다. "너와 나를/ 더 힘껏 서로에게 밀어"냈을 때 그 사이, 틈, 간격으로 보편적 감응의 시가 무진장 들어서리라 힘껏 기대한다.

현대시세계 시인선 138

문득 세상 전부가 되는 누군가처럼

지은이_ 박완호
펴낸이_ 조현석
기　획_ 고영, 박후기
펴낸곳_ 북인
디자인_ 푸른영토

1판 1쇄_ 2022년 02월 20일
출판등록번호_ 313 - 2004 - 000111
주소_ 121 - 842 서울 마포구 서교동 460 - 34, 501호.
전화_ 02 - 323 - 7767
팩스_ 02 - 323 - 7845

ISBN 979-11-6512-138-9　03810

책값은 뒤표지에 있습니다.
저자와 협의 아래 인지를 생략합니다.